AF555468

20 juin 1899

OBJETS D'ART

ET

D'AMEUBLEMENT

Provenant de la Collection de M. L.

HOMO

CATALOGUE

DES

OBJETS D'ART

ET

D'AMEUBLEMENT

PORCELAINES ET FAIENCES

Objets Variés

TOILES DÉCORATIVES, SCULPTURES

Pendules et Bronzes du XVIIIe Siècle

SIÈGES ET MEUBLES LOUIS XV ET LOUIS XVI

TAPISSERIES, TAPIS

Provenant de la Collection de M. L.

ET DONT LA VENTE AURA LIEU

HOTEL DROUOT, SALLE N° 11

Le Mardi 20 Juin 1899

à deux heures

COMMISSAIRE-PRISEUR

Me P. CHEVALLIER

10, rue Grange-Batelière

EXPERTS

MM. MANNHEIM

7, rue Saint-Georges

EXPOSITION PUBLIQUE

Le Lundi 19 Juin 1899, de une heure et demie à cinq heures et demie

CONDITIONS DE LA VENTE

Elle sera faite au comptant.

Les acquéreurs paieront *cinq pour cent* en sus des adjudications.

L'exposition mettant le public à même de se rendre compte de l'état et de la nature des objets, il ne sera admis aucune réclamation une fois l'adjudication prononcée.

Paris. — Imp. de l'Art, E. Moreau et Cie, 41, rue de la Victoire.

DÉSIGNATION DES OBJETS

PORCELAINES ET FAIENCES

1 — Vase de forme dite Médicis, en ancienne porcelaine tendre de Sèvres, à couverte gros bleu caillouté or : collerette, anses et base Louis XVI en bronze.

2 — Petit porte-bouquet décoré de fleurs. Ancienne porcelaine de Saxe.

3 — Deux statuettes de nymphes, l'une accompagnée d'un amour. Ancienne porcelaine de Saxe.

4 — Figurine de femme debout. Même porcelaine.

5 — Deux vases décorés de fleurs sur fond imitant le bois. Porcelaine anglaise.

6 — Statuette en biscuit : Enfant écrivant.

7 — Deux brûle-parfums à trois pieds, flambés bleu-turquoise et violet. Ancienne porcelaine de Chine.

8 — Paire de vases décorés de fleurs en blanc sur fond bleu. Chine.

9 — Petit plat, décor de fleurs. Kutani.

10 — Petit plat à fleurs. Rhodes.

11 — Assiette décorée d'un dragon et d'arbustes, genre chinois. Rouen.

12 — Bannette, décor à la corne. Rouen.

13 — Plateau ovale, décor bleu rayonnant. Rouen.

14 — Légumier, décor au chinois. Rouen.

15 — Vase cylindrique, décor bleu de lambrequins. Rouen.

16 — Légumier avec couvercle, décor bleu. Rouen.

17 — Bassin, décor bleu et rouille. Rouen.

18 — Plat long, décor à la double corne. Rouen.

19 — Assiette, décor blanc sur fond bleu. Saint-Omer.

20 — Petit socle décoré de bustes. Marseille.

21 — Jardinière ovale, décor bleu. Moustiers.

22 — Cafetière, décor de fleurs. Faïence du Midi.

23 — Corbeille ovale avec plateau, décor de fleurs. Strasbourg.

OBJETS VARIÉS

TOILES DÉCORATIVES, SCULPTURES

24 — Décoration de salon, composée d'une boiserie avec plafond à décor de vases et sujets chinois en camaïeu et en couleurs, avec monogrammes couronnés, guirlandes de fleurs et aigles au plafond. Epoque Régence.

25 — Leprince (Genre de J.-B.). Quatre toiles décoratives : paysages avec rochers au bord de la mer, pêcheurs et villageois en costumes chinois, guirlandes de fleurs, branchages dorés; fond gris.

26 — Deux petits bustes en terre cuite, représentant, l'un, une femme coiffée d'un bonnet, signé et daté : *Joseph Epellet. May 1789;* l'autre, un homme portant la perruque, signé et daté : *P. Lautau. Juillet 1784.*

27 — Buste en terre cuite : Diane à demi-vêtue d'une peau de bête, la tête tournée vers l'épaule gauche.

28 — Buste en terre cuite de Jupiter, une draperie passée sur l'épaule gauche.

29 — Vasque ovale en terre cuite, à sujet de dieux marins, d'après *Clodion*.

30 — Quatre gaines Louis XIV, en chêne sculpté, à feuillages et rinceaux.

31 — Torchère en bois sculpté et doré, à motifs rocaille, surmontée d'un vase en fer contenant le bouquet de lumières. Époque Régence.

32 — Deux appliques en forme de bras, en bois sculpté, peint et doré du XVIIe siècle ; bouquets de lumières en fer forgé de style.

33 — Lutrin en bois sculpté, à décor de rocailles et fleurs. Époque Louis XV.

34 — Deux bustes de personnages en bois peint gris. XVIIe siècle.

35 — Baromètre-thermomètre Louis XVI, en bois sculpté et doré, à décor d'oves, rangs de perles, guirlandes de feuillages, coquille et rubans.

36 — Cafetière en argent, décorée de petites palmettes. XVIIIe siècle.

37 — Porte-huilier en argent, avec burettes de cristal. XVIIIe siècle.

38 — Socle-applique Louis XIV, en bois sculpté et doré, à mascarons.

39 — Coffret recouvert de soie brodée, en couleur et métal ; intérieur en marqueterie de bois de couleur Louis XIII.

PENDULES ET BRONZES

40 — Pendule religieuse Louis XIV, en marqueterie de cuivre et d'écaille, garnie de bronzes.

41 — Pendule-applique Régence, en marqueterie de cuivre, écaille et nacre, garnie de bronzes : coquille, cariatides, etc. Mouvement à tirage.

42 — Pendule Louis XV sur socle-applique, décorée au vernis, à fleurs sur fond vert ; garnitures de cuivre.

43 — Pendule Louis XVI, à cadran tournant, en bronze et marbre blanc ; mouvement apparent ; décor de guirlandes, fleurs et colonnettes. Socle en bois doré.

44 — Pendule Louis XVI, en bronze, décorée d'une figurine de femme lisant ; socle orné d'une frise de postes.

45 — Paire de flambeaux Régence, en bronze, à décor des cartouches, palmettes et rinceaux.

46 — Paire de flambeaux Louis XVI, en bronze doré, à cannelures et faisceau de baguettes enguirlandées de feuillages.

47 — Paire de flambeaux Louis XVI, en bronze doré, à décor de cannelures rudentées.

48 — Paire d'appliques Louis XV, à deux lumières, en bronze doré ; décor de feuilles de chêne.

49 et 50 — Deux paires de flambeaux Louis XV, en bronze doré, à guirlandes et cannelures obliques.

51 — Paire de petits flambeaux cannelés Louis XVI en bronze.

52 — Paire d'appliques Louis XVI, à trois lumières, en bronze, décor de têtes de béliers, guirlandes et vase de flammes.

53 — Paire d'appliques Louis XV, en bronze, à deux lumières ; gaine à cannelures obliques formant corne d'abondance.

54 — Paire de chenets Louis XVI, en bronze ; modèle à boules et entrelacs.

55 — Paire de chenets Louis XVI, en bronze doré, à vase de flammes, galerie et graine.

56 — Paire de chenets Louis XVI, en bronze doré, à vases de flammes, draperies, médaillon-bustes et galerie.

57 — Petit lustre en bronze et cristaux.

58 — Groupe en bronze, à patine brune : Mère de l'Innocence. Signé : *Gadaix*.

59 — Jardinière ovale en bronze doré, à sujet de bacchanale.

60 — Jardinière en bronze du Japon, à décor d'animaux.

SIÈGES

61 — Fauteuil en bois sculpté et doré Louis XIV, couverte en broderie de soie de couleur Louis XIV, à fleurs sur fond de satin rouge.

62-63 — Deux fauteuils variés en bois sculpté Régence, couverts en tapisserie au point.

64 — Deux chaises en bois doré, à motifs Régence, couvertes en satin brodé, genre chinois.

65 — Banquette Régence en bois sculpté et doré, couverte de tapisserie à fleurs et oiseaux sur fond marron.

66 — Chaise-bidet Louis XV en acajou, couverte en cuir et cloutée de cuivre.

67 — Chaise Louis XV en bois peint blanc, couverte en velours bleu.

68 — Deux fauteuils en bois doré, couverts en soie brochée à fleurs, sur fond vieux rose armuré.

69 — Deux fauteuils Louis XV en bois sculpté et peint blanc, couverts en reps avec applications de broderie.

70 — Bergère Louis XVI en bois sculpté et peint blanc, couverte en soie rosée et brochée à fleurs.

71 — Prie-Dieu Louis XVI en bois sculpté et peint blanc, couvert en satin rayé et broché à fleurs.

72 — Fauteuil Régence en bois sculpté, à feuillages rocaille, couvert en velours ciselé rouge.

73 — Fauteuil en bois sculpté Louis XVI, couvert en velours jaune rayé.

74 — Deux chaises à dossiers à lyre, en bois peint Louis XVI, couvertes en satin rayé bleu et blanc.

75 — Prie-Dieu Louis XV, en bois sculpté, couvert en brocart à fond rouge.

76 — Meuble de salon Louis XVI, en bois noir couvert en velours rayé jaune : canapé, deux fauteuils et deux chaises.

77 — Quatre fauteuils Louis XVI en bois noir, couverts en velours jaune.

78 — Chaise-longue Louis XVI, en trois parties, en bois sculpté et peint blanc à feuillages, couverte en velours gaufré à rayures.

79 — Deux chaises Louis XVI à dossiers à lyres, en bois peint blanc, couvertes en tapisserie au point.

80 — Chaise basse Louis XVI en bois laqué gris, couverte en soie bleue brochée à fleurs.

81 — Chaise en bois laqué gris avec rehauts de rouge, à dossier orné de bonnets phrygiens; Elle est couverte de satin rayé rouge et blanc. Époque révolutionnaire.

82 — Tabouret en bois doré, couvert d'ancienne tapisserie à fleurs.

MEUBLES

83 — Bibliothèque Louis XIV en bois noir, à filets de cuivre et marqueterie de cuivre et d'écaille, à décor de rinceaux.

84 — Meuble Louis XVI, à deux portes vitrées, en bois de rose et satiné.

85 — Chiffonnier en marqueterie de bois de couleur à fleurs, garni de cuivres ; chutes, poignées, entrées de serrures à motifs Louis XIV. Dessus de marbre ranz.

86 — Encoignure Régence, à une porte en bois de placage. Dessus de marbre.

87 — Console Régence en chêne sculpté, à feuillages et motifs rocaille. Dessus de marbre.

88 — Table oblongue Régence, démontable, en chêne sculpté, à moulures.

89 — Commode Louis XV en bois de violette, à deux rangs de tiroirs, garnie de bronzes. Dessus de marbre.

90 — Petite table de nuit Louis XV de forme ronde, en bois de rose et filets de bois vert, tablette d'entre-jambes et dessus de marbre blanc.

91 — Petite table rectangulaire Louis XVI, en marqueterie de bois de couleur; dessus quadrillé.

92 — Petite table Louis XV, à trois tiroirs, en marqueterie de bois de couleur à fleurs ; tablette d'entre-jambes.

93 — Petite table Louis XVI à trois tiroirs, en acajou avec tablette d'entre-jambes ; dessus de marbre blanc.

94 — Table-bureau Louis XV en bois de placage, garnie de bronzes, chutes, appliques à mascarons et poignées; dessus de cuir.

95 — Table de bouillotte en bois de placage. Époque Louis XV.

96 — Bureau Louis XV à dos d'âne en palissandre.

97 — Petit meuble à abattant Louis XV en bois de violette, galerie de cuivre. Dessus de marbre blanc.

98 — Meuble en chêne sculpté, à décor de fleurs et rocailles, contenant un corps mobile formant vitrine avec porte à la base. Époque Louis XV.

99 — Table-toilette Louis XVI en acajou, garnie de bronzes dorés ; elle s'ouvre au moyen d'un abattant à glissière qui recouvre un casier intérieur masqué par deux portes à coulisse munies de glaces.

100 — Meuble Louis XVI à hauteur d'appui, à une porte en bois sculpté et doré, décor d'attributs de bergerie.

101 — Secrétaire droit à abattant et tiroirs en acajou, garni de bronzes. Époque Louis XVI.

102 — Glace dans un cadre Régence en bois doré à fronton orné d'un mascaron.

103 — Glace dans un cadre à fronton en bois doré et verre dit églomisé, à sujets mythologiques et rinceaux. Époque Régence.

104 — Armoire en bois à deux portes, ornée de colonnettes engagées, garnitures de cuivre.

105 — Corps supérieur de meuble en bois sculpté, à figures allégoriques, XVIe siècle.

TAPISSERIES, TAPIS

106 — Tapisserie flamande du XVIe siècle, à nombreux personnages dans la campagne. Bordures de fleurs et fruits.

Haut., 2 m. 50 cent.; larg. 4 m. 35 cent.

107 — Cantonnière en tapisserie, à personnages mythologiques, du XVIIe siècle.

108 — Tapis d'Orient présentant sur fond gros bleu des lions et des gazelles; bordures à dessin régulier.

109 — Tapis d'Orient, à dessin géométrique, sur fond rouge.

110 — Tapis d'Orient à dessin géométrique.

RED. :

20

MIRE ISO N° 1
NF Z 43-007
AFNOR
Cedex 7 - 92080 PARIS-LA-DÉFENSE

graphicom
379 89 70

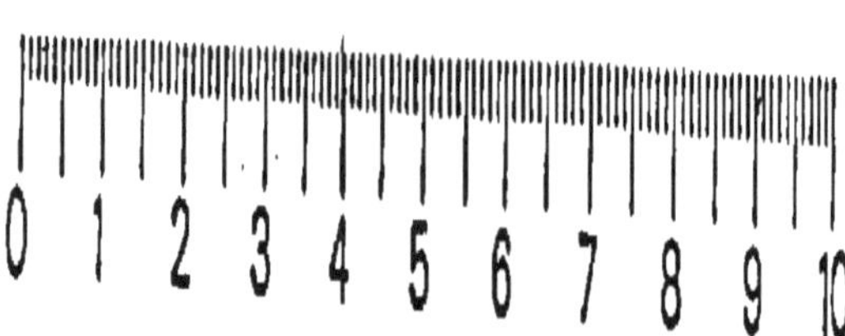

www.ingramcontent.com/pod-product-compliance
Lightning Source LLC
LaVergne TN
LVHW020503230826
846091LV00008BA/3321

* 9 7 8 2 3 2 9 3 0 7 9 1 6 *